BOB L'ÉPONGE
STAR DU ROCK

par : Kelli Chipponeri
illustré par : Heather Martinez

Presses Aventure

Créé par :

Stephen Hillenburg

Paru sous le titre original de : *SpongeBob Rocks !*

Publié par PRESSES AVENTURE, une division de
LES PUBLICATIONS MODUS VIVENDI INC.
55, rue Jean-Talon Ouest, 2e étage
Montréal (Québec) H2R 2W8
Canada

Dépot légal : Bibliothèque et Archives nationale du Québec, 2007
Dépot légal : Bibliothèque et Archives nationale du Canada, 2007

Traduit de l'anglais par Catherine Girard-Audet

ISBN 13 : 978-2-89543-594-5

Nous reconnaissons l'aide financière du gouvernement du Canada par l'entremise du
Programme d'aide au développement de l'industrie de l'édition (PADIÉ) pour nos
activités d'édition.

Gouvernement du Québec — Programme de crédit d'impôt pour l'édition de livres
— Gestion SODEC

Bob L'éponge, Patrick et Sandy formèrent un groupe de musique rock. Le groupe s'appelait Raz-de-marée.

Sandy jouait de la guitare.
Patrick jouait de la batterie.
Bob L'éponge était le chanteur principal.
Leurs chansons *Embardée d'algues marines,*
Mouvement sous la mer et *Méduse sauteuse*
étaient de grands succès.

On ne parlait que du groupe
Raz-de-marée dans tout l'océan.
Le groupe avait joué leur musique
dans tout Bikini Bottom.

« Nos admirateurs sont plus chouettes qu'un hibou ! » dit Sandy.

Le groupe était pourchassé par les admirateurs d'un bout à l'autre de l'océan.

Au Crabe Croustillant...

Et même dans leur autobus de tournée !

« Nous devons nous préparer pour notre grand concert au Poséidôme ! » dit Bob L'éponge.

Raz-de-marée pratiqua pendant des semaines.
« Méduse sauteuse, sauteeuuuuuuuse ! »
chanta Bob L'éponge.

Tout le monde aimait
le groupe Raz-de-marée.
C'est-à-dire tout le monde
excepté... Carlo.

« Ces idiots font du tapage, ils ne font pas de la musique ! Et ils ne m'ont même pas invité à jouer avec eux ! » râla Carlo.

Ce soir-là, Carlo se faufila dans la maison de Bob L'éponge.

Il vola tous les instruments du groupe.

Le jour suivant, les membres du groupe furent scandalisés par le vol de leurs instruments.

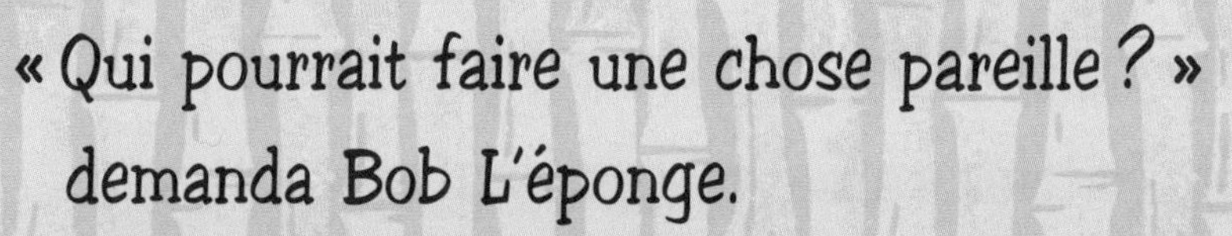
« Qui pourrait faire une chose pareille ? » demanda Bob L'éponge.

« Comment ferons-nous pour jouer ce soir ? » demanda Sandy.

« Que mangeons-nous pour dîner ? » demanda Patrick.

Bob L'éponge, Patrick et Sandy s'assirent pour réfléchir. Patrick ramassa ses baguettes et se mit à les taper ensemble. Tac ! Tac ! Tac ! Tac !

« Je n'arrive pas à penser avec tout ce tapage », dit Sandy.

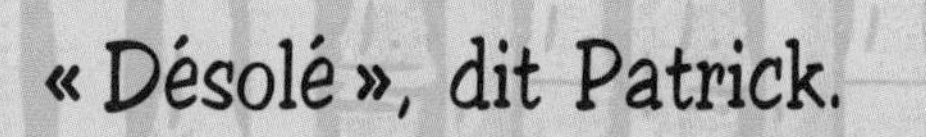

« Désolé », dit Patrick.

« Attends, n'arrête pas », dit Bob L'éponge.

Il commença à taper les baguettes sur la table.

Tac ! Tac ! Tac ! Tac !

« J'ai une idée », dit-il.

Le groupe posa des affiches dans tout Bikini Bottom pour demander le retour de leurs instruments.

Raz-de-marée arriva ensuite au célèbre Poséidôme pour leur grand concert.

« Hé, les potes, où sont votre batterie et votre guitare ? » demanda Scooter, un admirateur dévoué.

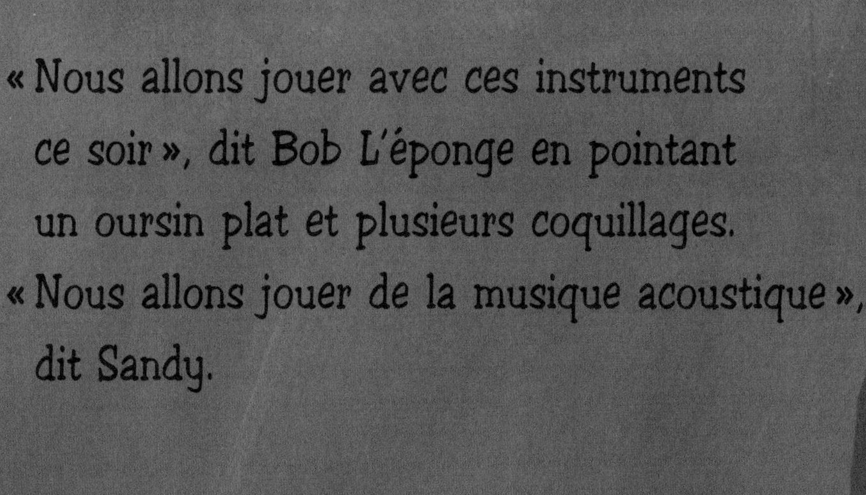

« Nous allons jouer avec ces instruments ce soir », dit Bob L'éponge en pointant un oursin plat et plusieurs coquillages. « Nous allons jouer de la musique acoustique », dit Sandy.

« Qu'est-ce que ça veut dire »,
demanda un autre admirateur.
« Patrick frappera sur ces coquillages,
expliqua Sandy. Je vais secouer l'oursin plat
et Bob L'éponge soufflera dans cette conque. »

Bob L'éponge souleva la conque près de sa bouche et souffla. BRONNNNKKK ! « Génial ! » s'écrièrent leurs admirateurs.

Carlo apparut alors en tenant l'une des affiches posées par les membres du groupe.
« Je sais où sont vos instruments », dit Carlo.

« Tu le sais ? Où sont-ils ? » demanda Sandy.

« C'est moi qui les ai, dit Carlo, un peu honteux. Je vous les ai volés parce que vous ne m'avez pas demandé de faire partie de votre groupe de musique. »

« Carlo, nous ne savions pas que tu voulais faire partie du groupe, dit Bob L'éponge. Nous serions heureux que tu te joignes à nous. »

« Vraiment ? demanda Carlo. J'ai apporté ma clarinette. »

« Alors j'ai une idée », dit Sandy.

Plus tard ce soir-là, le groupe Raz-de-marée monta sur scène. Patrick frappa sur les coquillages. Bob L'éponge souffla dans sa conque. Sandy secoua l'oursin plat.

Et Carlo, le tout nouveau membre du groupe, joua de sa clarinette ! Les admirateurs acclamèrent le groupe Raz-de-marée qui fit vrombir le Poséidôme jusqu'aux petites heures du matin !

À la fin du concert, tout le monde s'écria : « Encore ! » Bob L'éponge salua les admirateurs. « Vive Bikini Bottom et le rock'n'roll ! » s'écria-t-il.